MW01073532

Victor Hugo
habite chez moi

MYRIAM LOUVIOT

Illustrations de Marjorie Monnet

Crédits

Édition : Fabienne Boulogne
Direction artistique : Vivan Mai

Principe de couverture : David Amiel et Vivan Mai
Maquette couverture : Sylvain Collet
Illustrations couverture et intérieur : Marjorie Monnet

Mise en pages : Christelle Daubignard

Enregistrement, montage et mixage : Studio EURODVD

« Le photocopillage, c'est l'usage abusif et collectif de la photocopie sans autorisation des auteurs et des éditeurs.
Largement répandu dans les établissements d'enseignement, le photocopillage menace l'avenir du livre, car il met en danger son équilibre économique. Il prive les auteurs d'une juste rémunération.
En dehors de l'usage privé du copiste, toute reproduction totale ou partielle de cet ouvrage est interdite. »
« La loi du 11 mars 1957 n'autorisant, au terme des alinéas 2 et 3 de l'article 41, d'une part, que les copies ou reproductions strictement réservées à l'usage privé du copiste et non destinées à une utilisation collective » et, d'autre part, que les analyses et les courtes citations dans un but d'exemple et d'illustration, « toute représentation ou reproduction intégrale, ou partielle, faite sans le consentement de l'auteur ou de ses ayants droit ou ayants cause, est illicite. » (alinéa 1er de l'article 40) –
« Cette représentation ou reproduction, par quelque procédé que ce soit, constituerait donc une contrefaçon sanctionnée par les articles 425 et suivants du Code pénal. »

© Les Éditions Didier, Paris, 2017

ISBN 978-2-278-08796-9 – ISSN 2270-4388
Dépôt légal : 8796/01

Achevé d'imprimer en Italie par Grafica Veneta en avril 2017

À PROPOS DE L'AUTEURE

Myriam Louviot est une auteure française née en 1976 à Saint-Dié-des-Vosges.

Après des études de lettres et d'histoire de l'art à Strasbourg, elle a quitté son pays en 2003 pour naviguer entre l'Allemagne, le Sénégal et la Suisse avant de se fixer définitivement à Berlin.

Au gré des déménagements, elle a exercé divers emplois, toujours liés au livre, à la lecture et à l'écriture.

Pour écrire *Victor Hugo habite chez moi*, elle s'est replongée avec enthousiasme dans ses lectures d'enfant et d'adolescente. Gavroche est certainement son premier amour !

LA COLLECTION MONDES EN VF

Collection dirigée par Myriam Louviot
Docteur en littérature comparée

www.mondesenvf.com

Le site *Mondes en VF* vous accompagne pas à pas pour
enseigner la littérature en classe de FLE par des ateliers
d'écriture avec :
- une fiche «Animer des ateliers d'écriture en classe de FLE» ;
- des fiches pédagogiques de 30 minutes «clé en main» et
  des listes de vocabulaire pour faciliter la lecture ;
- des fiches de synthèse sur des genres littéraires, des
  littératures par pays, des thématiques spécifiques, etc.

 Téléchargez gratuitement
la version audio MP3

Dans la collection Mondes en VF

À mes parents

1

Chez moi

Regardez! Ici, c'est chez moi. Ma maison. Mon royaume. Chez moi. Depuis toujours.

Je suis né dans cette maison. En 1856. Il y a déjà dix-sept ans. Eh oui, je suis vieux. Très vieux.

Mais si, dix-sept ans, c'est vieux.

Je ne suis pas un homme, moi. Je suis un chat.

Et dix-sept ans pour un chat, c'est vieux.

Vieux comment ? Vieux comme ça :

J'ai vu beaucoup de choses. Je sais beaucoup de choses.
Si vous voulez, je vous raconte…

Je vous raconte tout : ma maison, mon histoire, et aussi…
lui. L'homme qui habite chez moi, à Guernesey…

Mais vous paraissez étonné...
Ah, c'est parce que je parle
français ! Un français parfait,
sans accent, c'est vrai. Cela
vous impressionne, c'est bien
normal. Après tout, nous sommes
à Guernesey, une île britannique[1].

Vous pensez : les chats de ce pays parlent
anglais. Et vous avez raison. Les chats de ce pays parlent
anglais. Sauf moi. Moi, je parle français. Français et chat bien
sûr. Un peu chien, oiseau et souris aussi, mais mon accent n'est
pas très bon et je fais parfois des fautes de grammaire.

Malgré tout, j'arrive à me faire comprendre, c'est l'essentiel[2]. Les chiens sont des animaux assez stupides de toute
façon. Je ne fais pas d'efforts pour eux. Les oiseaux et les souris
sont plus malins[3], mais quand nous nous rencontrons, nous
parlons peu.

---

1. Britannique (adj.) : de la Grande-Bretagne.
2. L'essentiel (n.m.) : le plus important.
3. Malin (adj.) : intelligent, rusé.

J'ai appris le français avec mes humains de compagnie. De drôles d'animaux ! Des Français ! Le chef de la tribu[4] s'appelle Victor Hugo. Oui, vous avez bien entendu, Victor Hugo habite chez moi. Avec toute sa famille. Avec ses serviteurs. Avec son chien Sénat (un imbécile, croyez-moi). Avec ses fantômes aussi. Et sa folie. Victor Hugo habite chez moi et ce n'est pas facile tous les jours.

Je vous raconte...

---

4. Tribu (n.f) : groupe, famille.

2

La maison

1800

C'est une vraie maison de pirate ! Elle a été construite par un corsaire[5]...

Et puis le temps passe...

Le corsaire s'en va. La maison est abandonnée[6] : plus personne ne veut habiter là...

Pourquoi ?

5. Corsaire (n.m.) : Capitaine, commandant, chef d'un bateau qui vole les autres bateaux.
6. Abandonner (v.) : laisser, quitter.
7. Fantôme (n.m.) : apparition d'un mort.
8. Une maison hantée : une maison avec des fantômes, des esprits.

1850

Mes parents emménagent dans la maison...

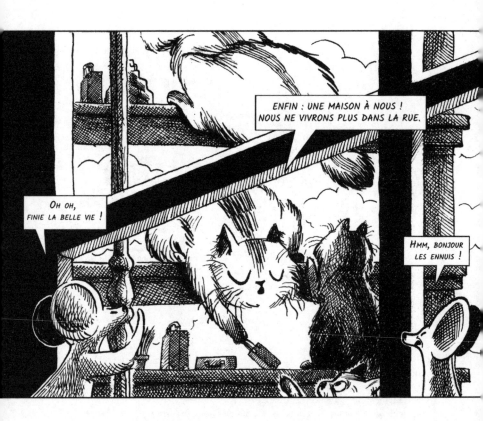

1856

Ce siècle a 56 ans. Une année incroyable. Un être exceptionnel naît : moi.

Mon père, Joseph Léopold Sigisbert est très fier. Ma mère, Sophie, m'adore.

Mes frères, Abel et Eugène sont jaloux. Ils savent déjà : je suis le maître des lieux. Un futur chef. Un génie. Un héros. Les chats sentent ça. C'est naturel.

Mais la même année, il arrive. J'ai à peine un mois. Je suis un bébé chat. Mais je me souviens très bien. Comment oublier ?

Je suis un roi. Un jeune roi, mais un roi quand même. Cette maison est mon royaume.

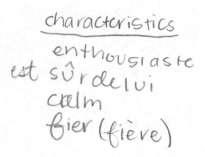

characteristics
enthousiaste
est sûr de lui
calm
fier (fièvre)

Q. Il achète quoi?

En 1856, *R.* Victor Hugo achète ma maison et la transforme. Il change tout. Il casse, il construit. Il achète des coffres[9], des tissus et beaucoup d'autres objets. Il achète aussi des meubles. *furniture* Il les transforme, il les décore. Il fait des dessins. Il peint des scènes étranges : des dragons, des monstres, des plantes...

Il écrit des phrases mystérieuses[10] sur les murs et sur les meubles : des citations[11] de ses romans et de ses poèmes. Il met ses initiales partout : V et H, Victor Hugo... Quel bazar[12] !

Avant, ma famille était tranquille. La maison était abandonnée : pas d'humains *il n'y avait* pour nous déranger. Seulement moi, mes parents, mes frères... et des souris. Le paradis !

Il est arrivé et les ennuis ont commencé. Cet homme ne reste jamais tranquille. Il a tout le temps de nouvelles idées.

---

9. Coffre (n.m.) : grosse boîte en bois.
10. Mystérieux (adj.) : secret, caché, difficile à comprendre.
11. Citation (n. f.) : phrase.
12. Bazar (n. m.) : désordre.

Ma maison de pirate devient très vite Hauteville House, sa maison, son œuvre. Oui, il donne même un nom à la maison. Au début, il veut l'appeler Liberty House, mais finalement il choisit Hauteville House.

CETTE MAISON EST UN VÉRITABLE AUTOGRAPHE DE TROIS ÉTAGES, UN POÈME EN PLUSIEURS CHAMBRES.

PAPA, C'EST QUI ?

C'EST CHARLES, LE FILS DE VICTOR HUGO.

ET QU'EST-CE QUE ÇA VEUT DIRE « UN AUTOGRAPHE DE TROIS ÉTAGES » ?

ÇA VEUT DIRE : « LA MAISON EST COMME LA SIGNATURE DE VICTOR HUGO, COMME UN MONUMENT À SA GLOIRE. »

AH. CHARLES EST UN PEU ÉNERVÉ PAR SON PÈRE, ALORS ?

OUI, C'EST POSSIBLE. MAIS IL L'ADMIRE AUSSI.

BIEN SÛR, C'EST SON PAPA !

BRAVE PETIT...

pronom accentvé

Il arrive dans MA maison. Il s'installe chez MOI. Et il croit être le maître... Quand il me voit ou quand il voit mes parents ou mes frères, il nous sourit. Il essaie de nous caresser. Il prépare parfois même un bol de lait.

Un bol de lait ? Qu'est-ce qu'il imagine. Nous sommes des chasseurs. Ici, le maître c'est moi !

3

L'exil

Pourquoi chez moi ? Pourquoi à Guernesey et pourquoi dans ma maison ?

C'est compliqué[13]. Mais je peux vous expliquer. Je suis juste un chat, mais l'histoire et la politique des hommes m'intéressent. C'est tellement amusant. Ils sont si drôles...

Victor Hugo est français. Avant, il habitait à Paris.

À Guernesey, Victor Hugo est un exilé[14]. Un réfugié politique. Il a fui la France, parce qu'il n'était pas d'accord avec Napoléon III.

---

13. Compliqué (adj.) : difficile à comprendre, pas simple.
14. Exilé (n.m.) : ne vit pas dans son pays.

Voilà ce qui s'est passé.

Louis-Napoléon Bonaparte, premier Président de la République Française depuis 1848.

« PRÉSIDENT, C'EST BIEN, MAIS...
ÇA NE ME SUFFIT PAS ! JE VEUX PLUS. »

10 décembre 1848

« LA RÉPUBLIQUE C'EST FINI ! VOILÀ.
J'AI DÉCIDÉ. C'EST COMME ÇA. »

2 décembre 1851

« MAINTENANT, JE NE SUIS PLUS PRÉSIDENT.
MAINTENANT JE SUIS EMPEREUR.
COMME MON ONCLE. (NAPOLÉON IER, C'EST MON ONCLE.)
APPELEZ-MOI NAPOLÉON III, EMPEREUR DES FRANÇAIS ! »
« VOILÀ, C'EST COMME ÇA. »

2 décembre 1852

Les humains appellent ça « un coup d'État ».

Mais tout le monde n'est pas d'accord. Il y a des révoltes[15].
La police arrête beaucoup de monde. Il y a même des morts[16].

Victor Hugo n'est pas content, pas content du tout ! Il
proteste ! Mais il ne veut pas aller en prison. Alors, il s'enfuit. D'abord, à Bruxelles, en Belgique. Là-bas, il écrit un
livre, *Napoléon le petit*. Dans ce livre, il se moque[17] du nouvel
empereur. Il dit aussi que Napoléon III est un voleur[18] et un
criminel[19].

Après cela, Victor Hugo doit quitter[20] la Belgique. Il
va d'abord à Jersey (une autre île du Royaume-Uni), puis à
Guernesey. Il vient chez moi. Dans mon île. Ensuite, il achète
une maison. MA maison. Voilà, vous savez tout.

---

15. Révolte (n.f.) : protestation, opposition.
16. Mort (n.f.) : décès, disparition, arrêt de la vie.
17. Se moquer (v.) : rendre ridicule, rire de.
18. Voleur (n.m.) : qui prend quelque chose par la force et qui n'est pas à lui.
19. Criminel (adj.) : qui tue, acte violent.
20. Quitter (v.) : partir.

4

Sa famille

Victor Hugo habite chez moi, mais il n'est pas seul. D'abord, il y a sa famille.

Oh, ils n'habitent pas tous chez moi. Heureusement !

Je ne les ai pas tous rencontrés, mais je les connais tous : il y a des portraits partout dans la maison. Et j'écoute les conversations, je lis les lettres... je vous ai déjà dit : je sais beaucoup de choses.

Sa femme Adèle est venue avec lui, bien sûr. C'est une amie d'enfance de Victor. Ils se connaissent depuis toujours. Ses fils, Charles et François-Victor, sont venus aussi. Et sa fille, Adèle. Tous des artistes ! La mère dessine, la fille est musicienne, Charles et François-Victor font de la photographie.

Il y a aussi les servantes, les cuisinières, les artisans : Mary, Ambroisine, Julie, Mariette, Tom... Et tous les invités qui passent. Certains sont célèbres, comme Alexandre Dumas, l'auteur des *Trois mousquetaires* et du *Comte de Monte-Cristo*. C'est un ami de Victor Hugo.

La plupart de ces humains ne sont pas méchants et leurs aventures m'amusent assez, mais je préfère le calme. Et puis, ils sont mal élevés[21]... Je suis chez moi et ces gens me traitent comme un simple visiteur sans importance. Ça m'énerve !

Mais le pire[22], ce ne sont pas les humains. Le pire, c'est Sénat. Sénat est un chien. Un chien ! Et en plus, un chien ridicule et imbécile. Bête comme tous les chiens... Victor Hugo l'adore. Je le déteste. Cet animal stupide me déprime[23] : il bave[24] dans ma maison, aboit dans mon silence, met ses sales pattes dans mon jardin...

Hugo aime les animaux. Il paraît. Mais il aime surtout être

_____

21. Mal élevé (adj.) : impoli, ne respecte pas les règles sociales.
22. Pire : le plus mauvais.
23. Déprimer (v.) : être triste, pas d'énergie, pas positif.
24. Baver (v.) : eau de la bouche.

le maître. Les chiens sont ses esclaves. D'ailleurs, il a appelé
son chien Sénat pour se moquer du peu de pouvoir du sénat[25]
sous l'Empire… Sa femme et ses enfants sont soumis. Ils se
révoltent parfois. Mais c'est difficile…

Ils prennent de la place et me dérangent parfois, mais je ne
les déteste pas (sauf Sénat, bien sûr). Ce n'est pas leur faute.
Non, le coupable[26], c'est lui : Victor Hugo ! Qui a acheté la
maison ? Hugo ! Qui fait des travaux et la modifie tout le
temps ? Hugo ! Qui veut rester même quand ce n'est plus
nécessaire ? Hugo ! Il aime certainement beaucoup sa famille,
mais elle est souvent malheureuse. Moi, j'entends les dis-
putes[27], je vois les larmes…

Sa femme Adèle est souvent triste. Elle est jalouse de
Juliette, la maîtresse[28] de Victor Hugo. Et puis, elle préfère
Paris, elle veut rentrer en France. Ma maison ne l'intéresse
pas, mais elle n'a pas le choix…

François-Victor aussi est énervé parfois. Il a dit à son père :
« Ta maison est à toi, on t'y laissera seul ! » Mais Victor Hugo
n'écoute personne.

---

25. Sénat (n.m.) : assemblée qui s'occupe des lois, des règles d'un pays.
26. Coupable (n.m.) : personne qui a fait une mauvaise chose, une faute.
27. Dispute (n.f.) : conversation avec des cris. On n'est pas content.
28. Maîtresse (n.f.) : il aime cette femme mais il n'est pas marié avec elle.

Bien sûr, au début, il est en exil et n'a pas le choix. Mais après...

1859

J'ai trois ans, je suis un jeune chat plein d'énergie.

Napoléon III déclare : « Tous les exilés politiques peuvent revenir en France. Je ne mettrai personne en prison. » Victor Hugo annonce la nouvelle à sa famille. Adèle est très, très heureuse ! Moi encore plus !

Mais Victor Hugo est têtu[29] comme un âne et fier comme un coq : il refuse[30]. Il déclare. « Quand la liberté rentrera, je rentrerai ! »

Ils sont restés. Pauvre Adèle ! Pauvre moi !

Après cela, j'ai beaucoup travaillé pour les faire partir : j'ai fait pipi dans la nourriture, j'ai griffé[31] les meubles, cassé des objets, miaulé[32] toute les nuits... *destroys*

meow
J'ai presque réussi !

---

29. Têtu (adj.) : il n'écoute que lui-même, il refuse d'obéir.
30. Refuser (v.) : dire non.
31. Griffer (v.) : faire des traces avec ses pattes, ses griffes.
32. Miauler (v.) : bruit, son du chat.

à + ville

Adèle, la fille, part en 1863. Elle n'aime pas beaucoup Guernesey, elle est malheureuse ici. Guernesey, c'est parfait pour les chats. Pas pour une jeune fille passionnée.

Quand elle rencontre un beau marin, elle s'enfuit pour le suivre ! D'abord au Canada, puis à la Barbade, dans les Caraïbes.

En 1864, Adèle, la mère, part à Bruxelles puis à Paris.

En 1865, Charles se marie avec Alice. Il s'installe à Paris. La même année, la fiancée de François-Victor meurt et il rentre, lui aussi, à Paris. Pauvre François-Victor !

penser

Victor Hugo est plus résistant[33]. Il part finalement en 1870. Je croyais être enfin tranquille. Mais non, il est revenu cette année, en 1872. Charles est mort l'année dernière à Paris (le pauvre : il avait 44 ans). Alors, Victor est venu à Hauteville House avec sa belle-fille, Alice, et ses petits-enfants, Georges et Jeanne. Sénat (cet imbécile !) est toujours là. Quel bazar !

---

33. Résistant (adj.) : fort, solide.

5

L'art d'être grand-père

Jeanne et Georges sont gentils. Ils ont 3 et 4 ans. Ils jouent dans la maison, ils jouent dans le jardin, ils font des bêtises[34]. Comme tous les petits enfants, ils comprennent un peu le langage des animaux.

Ils parlent avec Sénat, avec les oiseaux et les écureuils. Pas avec moi. Moi, je ne parle pas aux humains. Oh, je les aime bien, ces petits ! Mais ils font beaucoup de bruit et font fuir[35] les souris (Les souris ne parlent pas aux enfants : elles ont peur !).

---

34. Faire des bêtises (expr.) : écrire sur les murs, casser des choses.
35. Fuir (v.) : partir.

Victor Hugo adore Jeanne et Georges. Il leur fait des cadeaux. Il dessine pour eux. Il écrit pour eux. Il invente des histoires pour eux. Il ne les dispute[36] jamais, ne les punit jamais. Avec eux, il semble presque sympathique… (presque).

Victor Hugo aime les enfants. C'est vrai. Avec eux, il ne fait plus le chef, il obéit… c'est très, très drôle !

Victor Hugo aime les enfants et il déteste les voir malheureux. Il organise chaque année une fête de Noël pour les enfants pauvres[37] de Guernesey. Il offre un repas, des cadeaux et un sapin de Noël à 40 enfants. Et tout ça dans MA maison. Quel bazar, je vous dis ! Impossible d'attraper une souris : elles ont très peur des enfants et elles restent cachées toute la journée.

36. Disputer (v.) : gronder, dire qu'on n'est pas content.
37. Pauvre (adj.) : qui n'a pas d'argent.

Donc Victor Hugo aime les enfants. On le voit aussi dans ses livres. Par exemple dans *Les Misérables*, son gros roman sur les pauvres de Paris. Vous connaissez Cosette ? Vous connaissez Gavroche ? Ce sont peut-être les personnages les plus célèbres de la littérature française...

PAPA, C'EST QUI COSETTE?

ET GAVROCHE ? C'EST QUI ?

MAIS C'EST TRISTE !!

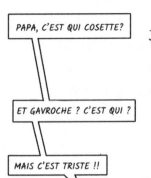

COSETTE, C'EST UNE PETITE FILLE PAUVRE.
SA MAMAN NE PEUT PAS S'OCCUPER D'ELLE,
ALORS ELLE VIT CHEZ LES THENARDIER.
ILS SONT MÉCHANTS AVEC ELLE.
ILS NE LUI DONNENT PRESQUE PAS À MANGER...
UN JOUR JEAN VALJEAN VIENT CHERCHER COSETTE.
JEAN VALJEAN, C'EST UN HOMME RICHE
QUI A CONNU LA MAMAN DE COSETTE.
QUAND IL VOIT LA PETITE FILLE,
IL COMPREND SON MALHEUR.
IL LUI OFFRE ALORS
LA PLUS BELLE POUPÉE DE TOUTE LA VILLE
ET L'EMMÈNE AVEC LUI POUR LA RENDRE HEUREUSE.

GAVROCHE, C'EST UN ORPHELIN :
SON PÈRE ET SA MÈRE SONT MORTS
ET IL VIT SEUL DANS LA RUE.
IL EST PAUVRE, IL N'A PAS DE FAMILLE,
MAIS IL EST TRÈS COURAGEUX.
PENDANT LA RÉVOLUTION DE 1848,
IL SE MOQUE DES SOLDATS
ET SE FAIT TUER...

OUI, C'EST TRISTE...
MAIS C'EST BEAU.

«JE SUIS TOMBÉ PAR TERRE,
C'EST LA FAUTE À VOLTAIRE,
LE NEZ DANS LE CANIVEAU,
C'EST LA FAUTE À ROUSSEAU»

6

Ses amours

Il y a la famille, il y a les enfants et puis il y a les amours !

Victor Hugo aime peut-être sa femme, mais il aime toutes les belles femmes. Il a beaucoup de maîtresses. Elles ne viennent pas toutes à Hauteville House, bien sûr. Mais je regarde, j'écoute. Je devine[38] le reste. Par exemple, avant l'exil, il y a eu Léonie Biard, une femme exploratrice[39] et écrivain. Aujourd'hui, Hugo a 70 ans, mais il regarde encore les filles et les belles femmes... Par exemple, Blanche, la jeune et jolie

---

38. Deviner (v.) : savoir grâce à l'imagination.
39. Exploratrice (n.f.) : qui fait un grand voyage pour découvrir un pays inconnu.

servante arrivée cette année à Hauteville House... Croyez-moi : elle lui plait[40] beaucoup... Pauvre Adèle !

Ah les amours de Victor Hugo ! Je pourrais écrire des romans... La plus belle histoire ? Celle avec Juliette Drouet.

Je connais bien Juliette. Elle habite tout près d'ici. Et puis je lis leurs lettres. Ils s'écrivent tout le temps : au moins 20 000 lettres ! « Ma Juju », « Mon Toto », « mon grand adoré », « mon ange »... Des pages et des pages... J'ai tout lu. Je sais tout. Victor la connaît depuis 1833. Ils étaient amants[41] à Paris. C'est Juliette qui a sauvé Victor quand la police le cherchait.

Quand il est venu à Jersey, elle est venue aussi.

Quand il est venu à Guernesey, elle est venue aussi ! Il y a quelques années, elle a emménagé dans la même rue. La maison s'appelle Hauteville Fairy. Victor Hugo l'a décorée un peu comme Hauteville House. Les deux amants se font des signes par la fenêtre. Juliette regarde Victor se laver le matin sur le toit. Victor accroche des vêtements de couleur pour dire à Juliette : « tout va bien ».

faire un signe = signaler

---

40. Plaire (v.) : il la trouve belle.
41. Amants (n.m.) : amoureux mais pas mariés.

Tout le monde le sait. Adèle aussi. Elle est jalouse bien sûr. Pauvre, pauvre Adèle...

Pour Juliette aussi, c'est difficile.. Elle aussi est jalouse (Léonie, Blanche et toutes les autres...). Elle le suit partout. Victor Hugo, c'est toute sa vie. Quand la femme et les enfants d'Hugo rentrent en France, elle reste. Toujours là. Je ne sais pas comment elle fait... Pauvre Juliette !

7

Ses fantômes

Juliette ne me dérange[42] pas trop : elle n'habite pas chez moi.

Adèle, Charles, François-Victor et Adèle-fille ne me dérangent plus, j'ai réussi à les faire partir.

Il reste Sénat (ce chien stupide !). Et les fantômes.

Ma maison est pleine de fantômes. Les années passent, les vivants[43] partent, les fantômes arrivent...

---

42. Déranger (v.) : être un problème.
43. Vivant (n.m.) : personne qui vit.

le fantôme hante la maison

guilt- se sentir coupable

Léopoldine (Victor l'appelait Didine. Il donnait des sur-noms à tous ses proches[44].)

l'aîné(e)

C'est la première fille de Victor Hugo. Son père l'aimait beaucoup. Elle est morte en 1843 avec son mari : ils faisaient du bateau sur la Seine et sont tombés dans l'eau. Ils se sont noyés.

drown

Victor Hugo était en vacances avec Juliette quand il a appris la nouvelle dans le journal. Il a été très très malheureux ! Il adorait sa fille. Plus tard, il a écrit pour elle de très beaux poèmes. Il a fait un livre : *Les Contemplations*. J'ai lu tous les poèmes. C'est beau. Cela parle d'amour, de joie, de souvenirs... et de mort bien sûr. Avec l'argent des *Contemplations* (il a vendu beaucoup de livres), Victor Hugo a acheté une maison.

Ma maison.

Aujourd'hui, le fantôme de Léopoldine habite chez moi. La nuit parfois, elle monte l'escalier et va au troisième étage. Elle regarde la mer. Parfois, elle essaie de parler à sa famille. Ils ne l'entendent pas. Les hommes ne savent pas parler avec les morts. Les chats, oui. Moi, je parle parfois avec Léopoldine.

---

44. Proche (n.m.) : famille, ami.

Victor Hugo essaie parfois aussi de lui parler. Il devine qu'elle n'est pas loin. À Jersey, avec Charles, il a essayé de communiquer avec elle...

Les humains sont parfois ridicules[45]...

_____

45. Ridicule (adj.) : leurs actions font rire.

Eugène

Au début, je voyais parfois aussi le fantôme d'Eugène, le grand frère de Victor Hugo. Il était poète, lui aussi. Et il était amoureux d'Adèle, lui aussi. Victor Hugo a eu plus de succès avec ses poèmes. Il a épousé[46] la belle Adèle. Eugène est mort de tristesse... Il se promenait parfois dans la maison. Depuis la mort d'Adèle, en 1868, je ne le vois plus. Il se promène peut-être avec sa belle dans les rues de Paris... Quand Victor sera mort, je ne sais pas ce qui se passera[47]...

Charles et François-Victor (Charlot et Totor)

Depuis leur mort, les deux frères viennent souvent. Ils me racontent : « on aime beaucoup papa, bien sûr, mais ce n'était pas toujours facile ! Comment exister avec un père comme lui ? ».

Le premier petit Georges

Charles a eu deux enfants, Georges et Jeanne. Mais avant, il y a eu un autre petit Georges. Il est mort quand il était bébé...

---

46. Épouser (v.) : se marier.
47. Passera (v.) : verbe passer au futur.

Victor Hugo était désespéré[48]. Le petit bébé Georges vient parfois avec le fantôme de son père. Ensemble, ils regardent Jeanne et le deuxième Georges jouer dans le jardin...

Adèle (Dédé)

Pauvre Dédé ! Elle était très amoureuse de son beau marin. Trop amoureuse : il ne l'aimait pas et elle est devenue folle... Elle est dans un hôpital maintenant. Adèle n'est pas morte, mais son fantôme habite chez moi, lui aussi... Son corps vit là-bas. Mais son fantôme vient parfois à Hauteville House. Elle pleure beaucoup... C'est très triste.

Tous ces fantômes accompagnent Victor Hugo. Ils le regardent vivre, ils le regardent écrire...

---

48. Désespéré (adj.) : très très triste.

avoir le mal du pays – to be homesick

8

Écrire face à la mer

À Hauteville House, Victor Hugo écrit face à la mer. Il a fait construire une pièce en verre sur le toit de la maison. Il l'appelle son « look-out [49] » ou son « cristal palace ». Il écrit toujours debout. En même temps, il peut voir le port, la mer et, au loin, les îles. Derrière l'horizon, il y a la France. Il ne la voit pas, mais il sait : elle est là.

---

49. Look-out : Nom donné par Victor Hugo à la pièce en verre construite sur le toit de Hauteville House.

Elle l'attend, peut-être…

Victor Hugo écrit tous les jours. Beaucoup. Il écrit des poèmes : *La Légende des siècles*, *Les Travailleurs de la mer* et *Les Chansons des rues et des bois* sont nés ici. Il écrit des romans : *Les Misérables* et *L'homme qui rit*. Il écrit des lettres à Juliette, des milliers de lettres. Il écrit des articles : par exemple contre la peine de mort. Victor Hugo pense que la peine de mort est une chose terrible. Il croit que les hommes peuvent changer…

La nuit, je relis ses notes. Ce n'est pas mal. Il a des idées et du style. Mais ce n'est pas parfait. Oh, non ! Alors parfois, je corrige[50] un peu. Parfois, je corrige beaucoup. Il ne le sait pas : il croit être un génie. Tout le monde le dit : Victor Hugo est un génie[51]. Mais le génie c'est moi. *Les Misérables*, c'est moi ! *La Légende des siècles*, c'est moi ! *Les Travailleurs de la mer*, encore moi !

Je sais, vous pensez : « Un chat qui écrit ! Ce n'est pas possible. »

C'est vrai : Victor Hugo était déjà célèbre avant ma naissance. Mais vous oubliez quelque chose : à Paris aussi,

---

50. Corriger (v.) : changer pour rendre meilleur.
51. Génie (n.m.) : personne très intelligente, exceptionnelle.

PAPA, C'EST QUOI LA PEINE DE MORT?

MON PAUVRE SOURICEAU...
LES HOMMES FONT PARFOIS
DES CHOSES TERRIBLES !
QUAND UNE HOMME FAIT UNE BÊTISE :
QUAND IL TUE OU VOLE PAR EXEMPLE,
PARFOIS D'AUTRES HOMMES DISENT
«IL DOIT MOURIR».

écrire
j'écris
tu écris
on écrit
nous écrivons
vous écrivez
ils écrivent
avoir écrit

Victor Hugo avait un chat. Il s'appelait Chanoine. Chanoine, c'était une star, une célébrité[52] ! Mêmes les humains le respectaient. C'est certainement lui qui corrigeait les textes du Maître…

Bien sûr, je lis aussi régulièrement son journal. Cela me fait beaucoup rire. Les humains sont vraiment très étranges. Ils s'intéressent à des choses stupides : la politique, le théâtre, l'architecture. Ils ne remarquent pas l'essentiel : l'odeur de la nuit, les 1001 vies autour d'eux, les fantômes. Ils ne voient rien, ne comprennent rien...

Ce pauvre Hugo ne sait même pas qui je suis ! Il me voit comme une petite chose fragile et un peu bête ! Parfois, il laisse un peu de nourriture ou de lait dans un bol devant la porte : « le pauvre petit chat doit avoir faim ! ». Parfois, il ouvre la porte le soir : « le pauvre petit chat doit avoir froid dehors ! ».

Quel idiot ! Je n'ai pas besoin de son aide pour manger ni pour entrer dans MA maison. Mais je suis gentil : je bois son lait, je mange son jambon, j'accepte ses caresses[53]... J'aime faire plaisir. C'est dans ma nature.

---

52. Célébrité (n.f.) : personne très connu, une star.
53. Caresse (n.f.) : geste doux avec la main.

Au début, je pensais : quand il va me voir, il va comprendre. Il saura qui je suis. Mais non, il ne comprend pas. Comment je le sais ? Je vous ai dit : je lis son journal !

Il ne parle pas de moi. Pas du tout. Rien. Pas une ligne sur moi. Pas même un petit dessin en bas d'une page ! Il parle de lui, de sa femme, de ses maîtresses, de ses enfants, de leurs enfants, et de lui-même. Il parle de ses amis artistes, de ses ennemis politiques et de lui-même. Il parle aussi de sa cuisinière, de son secrétaire, des enfants pauvres du voisinage et encore de lui. Il parle même de Sénat ! Et moi ? Moi, le propriétaire de son domaine, moi, le maître des lieux ? Rien. C'est un imbécile : il ne remarque même pas les changements dans ses manuscrits[54] !

Si les historiens[55] du futur découvrent mon existence, ils comprendront peut-être l'importance de mon rôle. Ils sauront tout ce que j'ai fait. Ils sauront qui est vraiment le plus grand écrivain français : un chat ! Moi.

corriger
je corrige
tu corriges
on corrige
nous corrigeons
vous corrigiez
ils corrigent

---

54. Manuscrit (n.m.) : texte écrit à la main.
55. Historien (n.m) : personne qui étudie l'histoire, spécialiste de l'histoire.

Conclusion

Ego Hugo

Victor Hugo habite chez moi et ce n'est pas facile tous les jours. Il croit être le roi ici. Il croit être le plus grand écrivain de tous les temps. Il ne sait pas qui je suis. Pour lui, je suis seulement un chat. Parfois, il m'appelle « Minou ». Minou ! Vous vous rendez compte ?

Pourtant… Quand il écrit son nom ou ses initiales partout dans la maison… il écrit aussi mon nom ! Moi aussi, je m'appelle Victor Hugo. En langage chat, c'est très différent, bien sûr. Mais vous ne pouvez pas comprendre. En langage humain, le nom pour un chat comme moi, c'est Victor Hugo. Cela ne peut être que Victor Hugo. Hugo, c'est moi.